AF363847

CATALOGUE

DE DESSINS

ANCIENS ET MODERNES

PRINCIPALEMENT DES ÉCOLES FRANÇAISE ET ITALIENNE

DES XVIᵉ XVIIᵉ, XVIIIᵉ, XIXᵉ SIÈCLES

DESSINS EN LOTS

QUELQUES TABLEAUX

DONT LA VENTE AUX ENCHÈRES PUBLIQUES AURA LIEU

HOTEL DES COMMISSAIRES-PRISEURS, RUE DROUOT, Nᵒ 9

SALLE Nᵒ 1

Le vendredi 11 décembre 1885

A deux heures très précises.

Mᵉ Paul CHEVALLIER	**M . E. FÉRAL**
Commissaire-priseur,	Peintre expert.
10, RUE GRANGE-BATELIÈRE, 10	54, FAUBOURG MONTMARTRE, 54

Chez lesquels se distribue le catalogue

PARIS — 1885

CATALOGUE
DE DESSINS

ANCIENS ET MODERNES

PRINCIPALEMENT DES ÉCOLES FRANÇAISE ET ITALIENNE

DES XVIᵉ XVIIᵉ, XVIIIᵉ, XIXᵉ SIÈCLES

DESSINS EN LOTS

QUELQUES TABLEAUX

DONT LA VENTE AUX ENCHÈRES PUBLIQUES AURA LIEU

HOTEL DES COMMISSAIRES-PRISEURS, RUE DROUOT, Nº 9

SALLE Nº 4

Le vendredi 11 décembre 1885

A deux heures très précises.

Mᵉ Paul CHEVALLIER
Commissaire-priseur.
10, RUE GRANGE-BATELIÈRE, 10

M. E. FÉRAL
Peintre expert.
54, FAUBOURG MONTMARTRE, 54

Chez lesquels se distribue le catalogue

PARIS — 1885

CONDITIONS DE LA VENTE

La vente aura lieu expressément au comptant.

Les acquéreurs payeront, en sus des enchères, cinq pour cent applicables aux frais.

L'expert se réserve la faculté de rassembler ou de diviser les lots.

Aucune réclamation ne sera admise une fois l'adjudication prononcée.

La vacation commencera par la vente d'environ 500 bons volumes reliés, de science, littérature et histoire ; cartes anciennes, catalogues illustrés, suites de vignettes en bonnes épreuves anciennes, par Marillier, Moreau, Le Barbier, Gravelot, Borel, Deveria, etc., pour les œuvres de Boileau, La Fontaine, Ovide, Rousseau, Voltaire, etc. etc., et d'environ 2500 autographes de personnages célèbres, généraux, maréchaux, ambassadeurs, etc..., des guerres de la Révolution et de l'Empire, qui seront vendus par lots.

DÉSIGNATION

DESSINS

ADAM, ANTONIO, AVED.

1 -- Études de chevaux. La mansarde. Le triomphe de
Vénus. 10 pièces.

**J. A. D'AMATO, ÉCOLE DE L'ALBANE,
ANDREA DEL SARTE.**

2 — La maison de la vierge. Statue de Vénus; à la sanguine. Sainte-Famille; au lavis de bistre. 6 pièces.

ARPINO (Joseph, Cesari, dit le chevalier).

3 — Tête de jeune fille; aux trois crayons.

**BACCOBONI, BANDINELLI,
BATTISTA BERTANI.**

4 -- Paysage avec figures. Alexandre tranchant le nœud
gordien. Le déluge d'après Raphaël; lavis de bistre
et sanguine. 6 pièces.

BARON, BEAUME. BÉDAT.

5 — Paysages. Tireuse de cartes; au fusain et à la mine
de plomb. 11 pièces.

BEYS, BIBIENA.

6 -- Études de ruines et d'architecture. Tombeau. 4 pièces.

BLOUNT, BLAVIER, BOCAGE.

7 — Portrait ; à la mine de plomb. Types de gueux ; à la
plume. 5 pièces signées.

BLANCHARD.

8 — L'Été ; allégorie (collection Beurnonville). Paysages
3 pièces.

BONNINGTON.

9 — Marines ; à l'aquarelle. 2 pièces.

BOUCHARDON.

10 — Deux enfants suspendus ; plume et bistre. Un génie
à la sanguine. 2 pièces.

BOUCHER (F).

11 — Joseph et la femme de Putiphar. Études d'amours ;
crayon et pierre d'Italie rehaussé de blanc. Paysage ;
à la sanguine. 3 pièces.

BOUCHER (F).

12 — Études d'amours. Étude de jeune fille, signé. 4 pièces.

L. BOULANGER, J. C. LE BOURGUIGNON.

13 — Choc de cavalerie. Virginie au bord du ruisseau, etc...
6 pièces.

BREEMBERG.

14 — Éruption d'un volcan. Ruines ; à la sépia et encre de
chine. 2 pièces.

BRONZINO.

15 — Académie. Apôtre ; crayon noir et sanguine. 2 pièces.

CALAME.

16 — Sujets divers ; à la mine de plomb. Vente Calame.
7 pièces.

L. CARRACHE, CASANOVA.

17 — La résurrection; à la sanguine. Choc de cavalerie.
4 pièces.

CASTELLI, CAUVET, CHANCOURTOIS.

18 — David devant Saül. Vases et ornements. Paysages.
4 pièces.

CESSARO.

19 — Académies diverses; crayon noir rehaussé de blanc.
10 pièces.

CHARLET, H. CLERGET.

20 — Un soldat de Cromwell. Vue d'une cathédrale. 3 pièces
signées.

CITADINI, CONCA (le chevalier).

21 — Paysage; à la sépia. Triomphe de saint Michel; plume
et bistre. 4 pièces.

COCHIN.

22 — Envahissements d'un temple; daté. Le triomphe de la
peinture; lavis de bistre et encre de Chine. 3 pièces.

COLLIN, O' CONNEL. ÉCOLE DE DAVID.

23 — Massacre des innocents. Académies. Portrait. Collection la Fizelière. 6 pièces.

CORRÈGE (École du).

24 — Études d'amours; à la sanguine et aux trois crayons
3 pièces.

CORTONE (Pierre de), CANTARINI.

25 — La Vierge. Sacrifice d'Iphigénie ; encre de Chine
rehaussé de blanc. Collection Beurnonville. 6 pièces.

CRAYER (Gaspard de), A. CUYP, DIANO, DIEPENBEKE.

26 — Triomphe de la vierge. Massacre des innocents. Collection Goldschmidt. 5 pièces.

DANESI.

27 — Études de cavaliers ; aquarelles signées. 4 pièces.

DEBUCOURT, DESHAYS.

28 — Pillage d'une ferme ; à la sépia. Allégories. 3 pièces.

DELLA BELLA, LE DOMINIQUIN.

29 — Scènes guerrières. Études d'amours. Apôtre ; plume et sanguines. 7 pièces.

DEVERIA, DENNOULIÈRE.

30 — Bal à l'Opéra. Scène guerrière. Portrait ; signé. 6 pièces.

DIETRICY.

31 — Descente de croix ; beau dessin à la plume et lavis d'encre de Chine, signé. Collection Andréassy.

DUCLAUX, DUMONT, DUPRÉ (Victor)

32 — Paysages ; à la plume et à l'aquarelle. 8 pièces.

ECHARD, EISEN.

33 — Paysage. Culs-de-lampe. Dame Louis XV : à l'encre de Chine. 3 pièces.

FLERS, FONTANIEU, GANDAIS.

34 — Paysages. Allégories. Projets de Vases ; au crayon noir. 8 pièces.

FOURCAULT, GELLÉE, GÉRICAULT.

35 — Enlèvement d'Europe ; plume et sépia. Un atte-

lage, etc...; collections Desperet et Beurnonville.
8 pièces.

FRAGONARD (H). (attribué).

36 — Angélique et Médor; à l'encre de Chine. Paysage; à la
sanguine. Bacchantes, et allégories; rehaussé de
bistre. 7 pièces.

GIACOMO DEL PO.

37 — Amours, plafonds et portiques, allégories. L'adoration,
des bergers; plume et encre de Chine. 11 pièces.

GILLOT, GHEZZY, GIRODET.

38 — Paysage; à la sanguine. Fuite en Égypte. Attributs
peints à Compiègne; collection Denon. 8 pièces.

GIORDANO, GORGIOLO.

39 — Saint Marc et la Vierge; au lavis de bistre. Énée sau-
vant Anchise. Phaéton. Triomphe d'anges. Têtes
d'étude; à la sanguine. 6 pièces.

GOYA, GRIMALDI.

40 — Têtes grotesques; au crayon noir et à la sépia Plafond,
6 pièces.

GREUZE.

41 — L'innocence couronnée par l'amour. Étude, à la sanguine. 2 pièces.

GRÉVIN, GONIN.

42 — Études de costumes; aquarelles et crayon noir, signé
6 pièces.

GUDIN, HERSENT, MILLET (Fritz).

43 — La reine Hortense. Portrait de Mazini. Paysages
6 pièces signées.

GUERCINO, GUIDO.

44 — Madeleine. Ensevelissement du Christ; à la sanguine.
3 pièces.

GUIDE (le).

45 — Captifs. Amours dormants. Le Christ en croix; sanguine. 6 pièces.

HUBERT ROBERT.

46 — Un triton d'après le Carrache; sanguine. Étude de
femmes nues. L'éducation de Bacchus; crayon et
plume. 4 pièces.

HUET, HUGO (Victor), JULIARD.

47 — Pastorale. Ruines, et paysage fantastique; bistre et
aquarelle. 4 pièces.

KELER, LACROIX.

48 — Aquarelles, signées. Marine; à la gouache. 4 pièces.

LA FAGE, LA FONTINELLE, LA HYRE.

49 — Moïse en Égypte. Samson et Dalila; crayon noir, signé.
5 pièces.

LAMA, LANFRANCHI, LANGLOIS, LAURI (Filippo).

50 — Moïse rendant les tables de la loi. Étude d'apôtre.
Académie à la sanguine. 7 pièces.

LA TRÉMOLIÈRE.

51 — Statue de l'amitié entourée de groupes d'amours. Deux
nymphes; sanguine. 2 pièces.

LE BARBIER, LEBRUN.

52 — Mariage antique; plume rehaussée de bistre. Cavalier;
sanguine signée. 3 pièces.

LECLERC (Sébastien).

53 — Personnages des suites gravées et dédiées à M. de
Boucœur et au duc de Bourgogne ; dessins à la plume
et encre de Chine ; collection Chartener. 4 pièces.

LEMOINE, LEPAUTRE, LOUTHERBOURG.

54 — Académie ; à la sanguine. Projet de vase ; à l'encre de
Chine. Un gueux ; à la sépia. Collection J. Robinson.
6 pièces.

LIPPI, MARCO DA SIENA.

55 — Artisan debout ; à la sanguine. Bataille ; à la plume
rehaussée de bleu. Collection Beurnonville. 2 pièces.

MAGLIAR, MASSIMO, MOLA.

56 — Descente de croix. Triomphe d'un consul. Allégories.
8 pièces.

· **MALLET.**

57 — Un page. Tête de jeune fille ; aux trois crayons. Femme
nue. 4 pièces.

MANTEGNA (Andrea). **CARLO MARATTA.**

58 — Descente de croix. Saint Charles Borromée ; à la sanguine. 2 pièces.

MARCO DA SIENA.

59 — Christ en croix. Renommées ; à la sanguine et plume
relevée de bistre. 4 pièces.

MATTEI (Paolo de).

60 — Académies ; à la sanguine. 9 pièces dont une signée.

MATTEI (Paolo de).

61 — Études de plafonds. Triomphe de la vierge. Femme nue.
13 pièces.

MEIN, A. KAUFMAN.

62 — Ruines d'abbaye. L'amour et l'innocence. 3 pièces.

MENCA (Raphaël), MEELICH (Hans).

63 — Funérailles de Pie VI. Arabesques et figures d'amours.
 4 dessins.

MICHEL ANGE (École de), MOLA, MORVILO.

64 — L'Olympe. Tête de femme. Bataille des amazones :
 plume et bistre. 10 pièces.

MONNIER (Henry).

65 — Tête de femme ; mine de plomb, signée. 2 pièces.

MOREAU (le jeune).

66 — Portrait de Louis XVI ; belle miniature sur parchemin,

MOREAUX.

67 — Élie dans le désert ; crayon noir, signé.

NATOIRE, NICOLE, NOEL, OUDRY.

68 — Vues d'Italie ; à la sépia. Vue de Blois. Paysages.
 7 pièces.

NORBLIN (le père).

69 — Paysage des environs de Naples. Femme à sa toilette,
 dessin double, signé et daté. 4 pièces.

NORBLIN (le père).

70 — Engagement de Sforza. Héraut d'armes, signé et daté.
 2 pièces.

OUVRIÉ (Justin).

71 — Vue de Valence ; mine de plomb, datée. Collection la
 Fizelière.

PALMA, PAGANELLI, PALMERIUS.

72 — Martyre. Assomption de la Vierge. Paysages ; à la
plume. Collection Beurnonville et lord Soomers.
7 pièces.

PANCKOUKE (E).

73 — Le Pont-Neuf ; aquarelle signée. Collection la Fizelière.

PANINI, PARIZEAU, LE PARMESAN.

74 — Jacob et l'ange ; à la sépia. Enlèvement d'Hébé, etc...
5 pièces.

PARROCEL.

75 — Scène champêtre, signée. Étendard de cavalerie.
2 pièces. Collection Beurnonville.

PASSIGNANO. PASSINELLI.

76 — Diane ; plume et encre de Chine. Triomphe de la Vierge.
4 pièces.

PERINO DEL VAGA, PERUZZI, PIAZETTA.

77 — Saint Marc. Tobie et l'ange, etc. 5 pièces.

PÉQUEGNOT. PILLEMENT

78 — Paysages ; sépia et encre de Chine. 5 pièces.

PIETRO DEL PO.

79 — Triomphe de la Vierge ; beau dessin à l'encre de Chine.

POLYDORE DE CARAVAGE.

80 — La Passion. Études de guerriers ; au lavis de bistre.
6 pièces.

POLYDORE DE CARAVAGE.

81 — Suite de guerriers, en forme de frise. Collection Beurnonville.

PORTA (della), **LE POUSSIN.**

82 — Tête d'ange; au lavis de bistre. Enfance de Bacchus, etc.
9 pièces.

PORBUS.

83 — Son portrait; à l'encre de Chine. Signé et daté.

PRUD'HON.

84 — La Vengeance traînant le Crime aux pieds de la Justice.
Signé à droite.

**RAFFET, RANSONNETTE, RAOUX,
REDOUTÉ**

85 — Diane et ses nymphes. Paysages, signés. Études de
fleurs. 6 pièces.

RAPHAEL (École de). **RONCALLI.**

86 — Couronnement d'un pape; lavis de bistre. Guerriers.
6 pièces.

REGNAULT (J.-B.)

87 — Mort de Caton; plume et sépia.

REGNAULT (Henri).

88 — Études de chevaux et d'animaux. Portraits. 25 pièces.

REMBRANDT (attribué).

89 — Moïse foulant la couronne de Pharaon. Marine. 2 pièces.

RIBEIRA, RICCI.

90 — Christ au tombeau. Têtes de guerriers et apôtres; à la
sanguine. 9 pièces.

RIGAUD (Hyacinthe).

91 — Portrait de Bossuet assis. Très beau dessin au lavis de
sépia rehaussé de blanc. Collections Gigoux et Beurnonville.

ROBERT (Hubert), ROWLANDSON.

92 — Paysages et ruines du temple de Jupiter; encre de
Chine et sépia. Collection la Fizelière. 5 pièces.

ROMAIN (Jules), ROMANELLI.

93 — Études d'amours et de femmes nues. Bataille. Hercule
terrassant l'hydre; crayon, plume et bistre. Collection Beurnonville. 7 pièces.

ROSSI (Nicolo).

94 — Études pour la nativité et la Sainte-Famille; à la plume.
Paysages; à l'encre de Chine. 17 pièces.

ROYBET.

95 — Mort d'Orlando, d'après Velasquez; crayon noir rehaussé de blanc. Collection la Fizelière.

RUBENS (École de).

96 — Étude de chevaux. Orphée et Eurydice; à l'encre de
Chine. Collections Galichon, Goldschmidt, Beurnonville. 3 pièces.

SAFT LEVÉN, SALVATOR ROSA.

97 — Intérieur de ferme; signé. Corps de garde. Paysage.
3 pièces.

SAINT-AUBIN, SAINT-NON.

98 — Pastorale; à la plume. Enfants de la gaieté, entrez chez
Nicolet; dessin à l'aquarelle signé. 6 pièces.

SCHIDONE, SIGALON, SIGNORELLI.

99 — Allégories; au lavis de bistre. Sainte-Famille. Académie.
à la sanguine, signé. 6 pièces.

SOLIMÈNE.

100 — Triomphe de l'Autriche. Saint Martin. Projets de plafonds. 10 pièces.

TEMPESTA.

101 — Une bataille ; en forme de frise, plume et lavis de bistre.

TIEPOLO (Jean-B.).

102 — L'alchimiste. Un guerrier ; plume et encre de Chine, signé. 3 pièces.

TIEPOLO (Dominique).

103 — Satyre assis, avec composition allégorique ; plume et bistre.

TIEPOLO (Dominique).

104 — Allégories. Amours jouant ; plume et lavis de bistre. Collections Grouchy et Beurnonville. 4 pièces.

TINTORET (le), TOURNIÈRES, etc.

105 — Portrait ; à la sanguine. Saint Martin ; au lavis de bistre, etc. 7 pièces.

VALENCIENNE.

106 — Paysage d'Italie ; à la mine de plomb.

VAN DE VELDE (Guillaume et Adrien).

107 — Vache au paturage. Lévrier de course ; à l'encre de Chine. Marine. Collections Frankestein, Liembruggen, Beurnonville. 3 pièces.

VAN DYCK, VAN PARYS.

108 — Ensevelissement du Christ ; plume et bistre. 2 pièces.

VASARI, DEL VAGA, VIGNALI DA PRATO.

109 — Supplice d'un martyr. Allégories ; au lavis de bistre. 10 pièces.

VEGLIANTE, VIVIANI.

110 — Études d'architecture ; au lavis d'encre de Chine. 14 pièces.

VERDIER, VIEN, WILSON.

111 — Départ d'Athalie. Une muse. Tête de vieillard ; signé
4 pièces.

VERONÈSE (École du).

112 — La musique. Couronnement d'Esther. Collection Grouchy. 3 pièces.

ÉCOLE FRANÇAISE

113 — Apollon et Mercure. Apollon fuyant, jolies miniatures
sur parchemin. 2 pièces.

114 — Tombeau de Ferdinand IV. Paysages et allégories.
8 dessins.

115 — Io, bas-relief. La papauté. Paysages, etc. 10 dessins.

116 — Statue de Charlotte Corday. Bain de Diane, etc.
14 dessins.

117 — Caricatures par Lavrate, Letils, Legrip : signés.
12 dessins.

118 — Caricatures et portraits. 12 dessins.

119 — Paysages à l'encre de Chine et à l'aquarelle. 15 dessins.

ÉCOLE HOLLANDAISE ET ITALIENNE

120 — Scènes et paysages divers ; à la sépia et à l'aquarelle.
8 dessins.

121 — Quos ego! Cavalier. Cérémonie antique. 9 dessins.

122 — Ornements ; allégories diverses, crayon et plume.
13 dessins.

123 — Énée. Saint-Pierre de Rome. Paysages ; bistre et sépia.
16 dessins.

124 — Paysage à l'aquarelle : scène mythologique ; sanguine.
3 dessins encadrés.

DESSINS EN LOTS

125 — 27 dessins et 3 gouaches d'après Vernet.
126 — 31 dessins.
127 — 42 dessins.
128 — 65 dessins.
129 — 125 dessins environ ; ornements, calques.

TABLEAUX

130 — **J. Bouth**. Vue aux environs de Rome. Signé.
131 — **Chardin**. Nature morte. Signé et daté, à gauche.
Beau cadre ancien en bois sculpté, 630-800.
132 — **Largillière** (École de). Portrait.
133 — **Tanneur**. Marine. Signé et daté, à gauche.
134 — **Van der Bent**. Le passage du gué.
135 — **Van der Berg**. Le repos au pâturage. Signé à
droite.

Paris. — Imp. E. Capiomont et V. Renault, rue des Poitevins, 6.